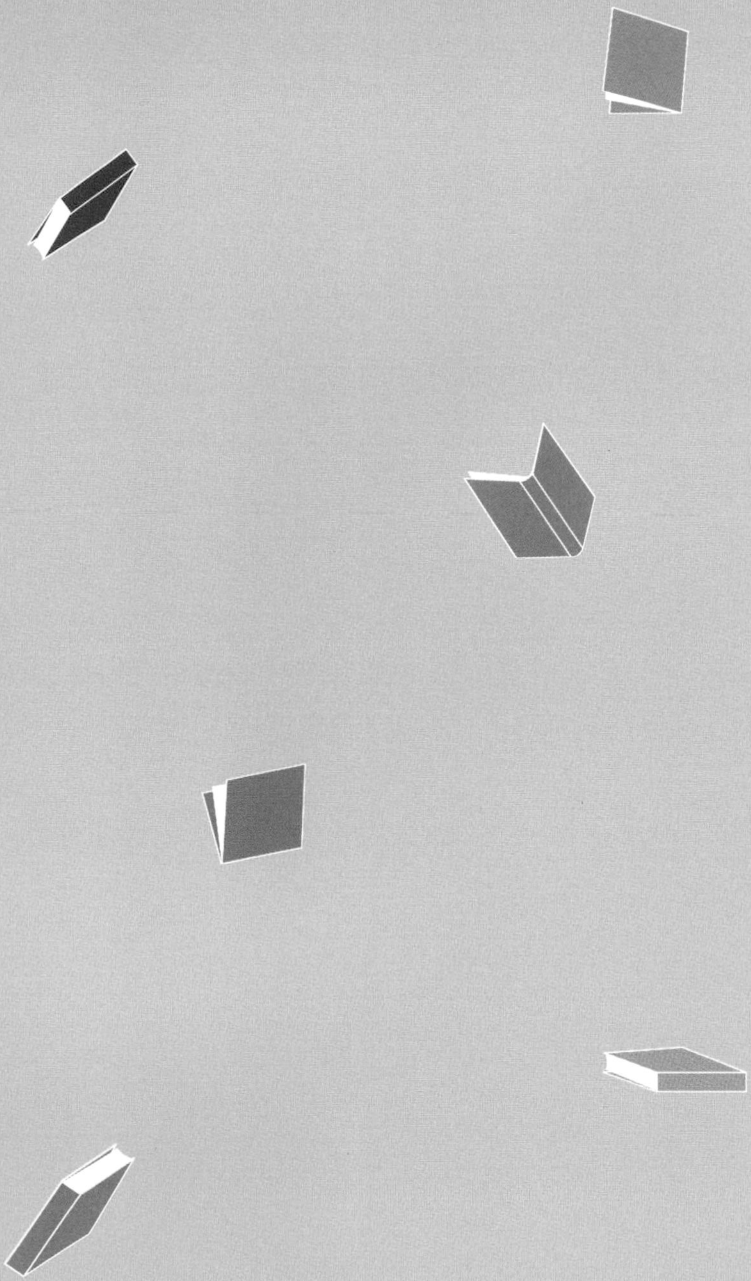

閱讀123

國家圖書館出版品預行編目資料

小熊兄妹的點子屋2：不能說的三句話 / 哲也作；水腦繪. -- 二版. -- 臺北市：親子天下, 2019.08 122面;14.8x21公分
ISBN 978-957-503-468-9(平裝)
863.59 108011246

閱讀 123 系列 —— 067

小熊兄妹的點子屋 2

# 不能說的三句話

作者｜哲也
繪者｜水腦

責任編輯｜陳毓書
美術設計｜林家蓁
行銷企劃｜王予農、林思妤

天下雜誌群創辦人｜殷允芃
董事長兼執行長｜何琦瑜
媒體暨產品事業群
總經理｜游玉雪　副總經理｜林彥傑
總編輯｜林欣靜　行銷總監｜林育菁
副總監｜蔡忠琦　版權主任｜何晨瑋、黃微真

出版者｜親子天下股份有限公司
地址｜台北市 104 建國北路一段 96 號 4 樓
電話｜（02）2509-2800 傳真｜（02）2509-2462
網址｜ www.parenting.com.tw
讀者服務專線｜（02）2662-0332 週一～週五：09:00~17:30
讀者服務傳真｜（02）2662-6048
客服信箱｜ parenting@cw.com.tw
法律顧問｜台英國際商務法律事務所．羅明通律師
製版印刷｜中原造像股份有限公司
總經銷｜大和圖書有限公司 電話：（02）8990-2588

出版日期｜ 2017 年 6 月第一版第一次印行
2024 年 7 月第二版第十六次印行
定價｜ 260 元
書號｜ BKKCD137P
ISBN ｜ 978-957-503-468-9（平裝）

訂購服務
親子天下 Shopping ｜ shopping.parenting.com.tw
海外．大量訂購｜ parenting@cw.com.tw
書香花園｜台北市建國北路二段 6 巷 11 號 電話（02）2506-1635
劃撥帳號｜ 50331356 親子天下股份有限公司

小熊兄妹的點子屋2

# 不能說的三句話

文 哲也　圖 水腦

# 目次

小點子：
一個銅板 ＋ 一個笑容
中點子：
一個銀幣 ＋ 一句讚美
大點子：
一個金幣 ＋ 一個擁抱
歡迎光臨！
小熊兄妹點子屋！
小熊妹妹
來自小熊星球的小天才，頭腦很好，詩詞歌賦，樣樣都通。
小熊兄妹點子屋
營業時間：
週一到週五
早上小熊妹妹起床後到
晚上小熊哥哥吃飽後

小熊兄妹
點子屋
好學生飛碟
配備教學電腦，每天都有新課程，原來的設計是為了讓駕駛一邊飛行，一邊學習新知識，但是現在都被當成結帳用的收銀機。
Book Store
書店
有賣小熊兄妹第一集《點子屋新開張！》看了就會知道小熊兄妹的神祕身世喔！
小熊哥哥
來自小熊星球的大胃王，胃口很好，飯、麵、包子，樣樣都吃。
店狗咖哩
每天都在街角等主人回來的流浪狗，暫時住在店裡。

# 1. 看清楚點嘛，老婆婆

春天來了。

山頭上的白雪融化了。

陽光好像急著下課的小學生一樣，雲層才剛打開一條縫，

就迫不及待的衝出來。

晶晶亮亮，晶晶亮亮……

山路上灑滿了晶晶亮亮的陽光。

提著菜籃的老婆婆，一步一步走下山來，走進山腳下的小

城裡，走到一條灑滿陽光的街道上。

「啊，腳好痠。」老婆婆在一家小商店門口停下來擦擦汗，抬頭看看招牌。

「小熊兄妹點心屋。」

她瞇著眼睛唸。

老婆婆推開店門。

「歡迎光臨！」一位全身毛茸茸的店員跳出來。

「哇！怪獸！」老婆婆嚇一跳。

「我不是怪獸啦。」店員笑著說，「我是一隻熊。」

「熊會說話也夠奇怪的了。」老婆婆說，「算了，給我來兩個紅豆餅。」

「不好意思，我們不賣紅豆餅。」小熊店員說。

「那綠豆糕呢？」

「也沒有綠豆糕。」

「豆花？」「也沒有。」

「奇怪，你們不是點心屋嗎？難道是我看錯了？」老婆婆搖搖擺擺走到門口，瞇著眼睛看看招牌。「啊，對不起，看錯了看錯了，原來不是點心屋，是橘子屋。」

老婆婆走進店裡坐下來。

「那剝一顆橘子給我吃好了。」

小熊店員笑了起來。「老婆婆，你眼睛不太好喔。我們不是點心屋，也不是橘子屋，是點子屋！」

「點子屋？點子是什麼呀？」

「點子就是主意嘛。」

「煮意麵？那來一碗。」

「跟煮意麵沒有關係啦。」小熊店員說：「點子，就是主意、辦法，想點子，就是想辦法，我們是專門幫人想辦法的店。」

「那意思是說，我們家水龍頭壞了，就可以來找你們修是嗎？」

「那要找水電行。」

「我知道了，如果發燒頭痛流鼻水，就來找你們。」

「那要去找醫生！」

小熊店員大叫起來：

「已經知道要怎麼辦的事情，就不用來找我們了！」

「那你們到底是做什麼的？」老婆婆嘆氣說。

「有些事情，你實在想不出怎麼辦，就可以來我們店裡試試看，看看店長有沒有好點子。」

「店長是誰？」

「我妹妹。」

「這樣啊……」老婆婆站起來，走到門口又回頭，「你們真的沒有賣吃的嗎？」

「原來婆婆你肚子餓了呀，」小熊哥哥笑了。

「我今天早餐煮太多了，請你和我一起吃好嗎？」

「那怎麼好意思。」老婆婆開心的坐了下來。

小熊哥哥走進廚房，端了一大盤麵包、奶茶和荷包蛋出來。

老婆婆一邊吃麵包，一邊喝奶茶，一邊問：「那你妹妹呢？」

「她出去工作了。」小熊哥哥說：「最近店裡忙得很，到處都有人需要點子，她一大早就出去幫別人想點子了。」

「那你呢？你在店裡負責什麼？」

「我負責吃。」小熊哥哥紅著臉把一整個牛角麵包塞進嘴裡，「食物不吃，放太久會壞掉的。」

「沒錯，這也是很重要的工作。」老婆婆點點頭。「但是你不用幫忙想點子嗎？」

「除非是我妹妹想不出來的難題，才會需要我幫忙。不然，一般簡單的問題，不需要我出馬。」小熊哥哥紅著臉，低著頭說。

「噢，我懂了。」

老婆婆摀著嘴笑了起來。

「何必瞞我呢，哥哥和妹妹兩人，有一個比較聰明，那是很正常的，我和我哥也是這樣。」

「喔？你也是比哥哥聰明很多嗎？」

「不，我是比較笨的那個。」

老婆婆吃完最後一口麵包，喝完杯裡的奶茶，拍拍手上的麵包屑，然後說：「但是如果你想變得聰明一點，我可以幫你。我其實是個巫婆喔！」

「是嗎？那你的魔杖在哪裡？」

老婆婆打開菜籃。

「瞧，這就是我的魔杖。」

「這是抓背用的東西吧？」

「啊！拿錯了拿錯了。」老婆婆伸手到菜籃裡摸索：「這才是我的魔杖。」

「這是穿鞋子用的鞋拔子吧？」

「唉。」老婆婆嘆氣說：「年紀大了，眼睛不好，總是拿錯東西，我把魔杖放在家裡了。沒關係，沒有魔杖，只要

有魔法書，還是可以把你變聰明！」

老婆婆伸手到菜籃裡，拎出一本書。

「你看我的魔法書！」

封面上寫著「怎麼吃也不會胖的瘦身法」。「啊，又拿錯了。」老婆婆搖搖頭，重新拿出一本舊舊的厚書。

「這才是魔法書。我記得有一個咒語叫做天才兒童咒。」

她拿著魔法書翻呀翻。「找到了！」

「真的有這種事嗎？」小熊哥哥懷疑的看著她。

「你這是什麼眼神？」老婆婆不高興的說：「我是看在你請我吃早餐的分上，才好心要把你變聰明的，不然，我這巫婆其實早就退休了，別人求我施展魔法我還不願意呢。」

「對不起。」小熊哥哥低下頭去。

「能得到我的魔法，是你的福氣呢！」

「謝謝。」

「好，現在我要施展魔法了。」老婆婆大聲宣布。

「請。」

老婆婆看著魔法書唸出咒語：「迷迷糊糊，糊糊塗塗，馬馬虎虎，變！」咻！小熊哥哥頭上長出兩支小牛角。

「咦。」老婆婆歪著頭，看小熊哥哥頭上的角。「怎麼會這樣？」

她又低頭看看魔法書，然後不好意思的笑了：「啊，看錯了看錯了，這不是天才兒童咒。」

# 2. 這種危險咒語都有安全鎖

小熊哥哥摸摸頭上的兩支牛角，大叫起來，「不是天才兒童咒？那是什麼？」

「是大力怪獸咒。」老婆婆紅著臉說：「你看，天才和大力這兩個字是不是很像啊？」

「才不像！什麼是大力怪獸？」

「就是力大無窮的巨大怪獸啊！」

「我才不要變成怪獸！」小熊哥哥尖叫：

「快想想辦法啊！」

「想辦法不是你們的專長嗎？你們是點子屋耶。」老婆婆又替自己倒了一杯奶茶。

「可是這是你的魔法啊！快把它解除！」

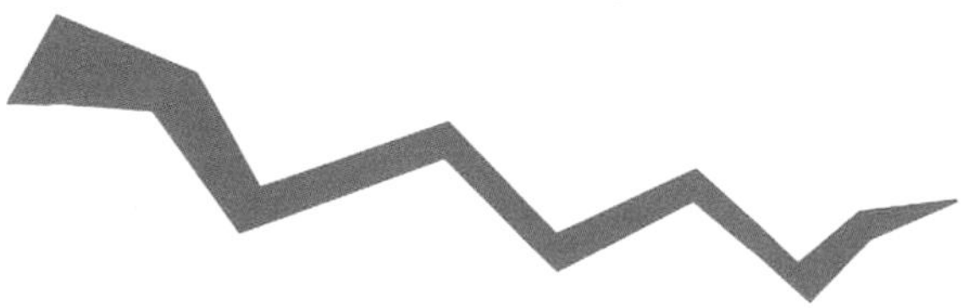

「解除魔法？這我倒沒學過，不過別擔心，這種危險的咒語都有安全鎖的。」

老婆婆在奶茶裡加了一顆方糖。

「什麼安全鎖？」

「就是三句話，你剛剛在我唸咒語以前，說的最後三句話，你還記得嗎？只要你不說出這三句話，就不會變身。」

小熊哥哥閉上眼睛努力回想。

老婆婆慢慢的喝茶。

「啊，想起來了，我最後說的三句話是……」

「別說出來！沒錯，只要你說出『請』或者『謝謝』或『對不起』其中任何一句，就會變身成怪獸了。」老婆婆說。

「可是我頭上已經長出兩支角了！」

「那還算好呢，那還不算真的變身。萬一你真的變成怪獸，那可是個大災難呢，說不定會把全國都毀滅了。」老婆婆靈機一動：

「啊，對了，我可以帶你去找我哥哥，他比我聰明多了，一定有辦法解除魔法的！」

「你哥哥？」

「嗯，他是位很厲害的魔法師喔！」老婆婆把奶茶喝完。「那我們就動身吧，我哥哥住

在大海的另一邊，要飛很遠的。」

「飛？」

「當然嘍，我是巫婆，當然會飛嘍！哇哈哈！」

老婆婆大笑說：「瞧，這是我的飛行掃帚！」

老婆婆從菜籃裡拿出一截短短的東西來。

「這是最新型的折疊式掃帚喔，方便收納。只要按上面這個鈕，就會展開變成掃帚了。我示範給你看。」

老婆婆按下按鈕。砰！是一把自動傘。

「哈哈，帶錯了帶錯了。」

老婆婆抓著後腦勺說。

「哎呀，沒有掃帚，我就沒辦法帶你去了，現在回家拿也來不及了，我忘了告訴你，一個小時後，咒語就固定了，像乾掉的黏膠一樣，不能改變了。看來是來不及了，那就謝謝你的招待，我今天還有很多事要辦，再見啦。」

「那我怎麼辦？」小熊哥哥大喊。

「只好多忍耐啦，不要說請、謝謝或對不起就沒事了。」

「你哥哥住哪裡？」

「飛過大海，森林邊的綠色小屋就是了，這是他的名片。」

小熊哥哥垂頭喪氣的接過名片。

「怎麼？人家給你東西，你不說謝謝嗎？」

「我不能說！」小熊哥哥大吼。

「哈哈，我只是測試看看你記不記得，別生氣嘛。」

老婆婆打開冰箱門，
「我走了。」
「那是冰箱！」
「啊，看錯了、看錯了。」老婆婆關上冰箱，打開店門，走了。

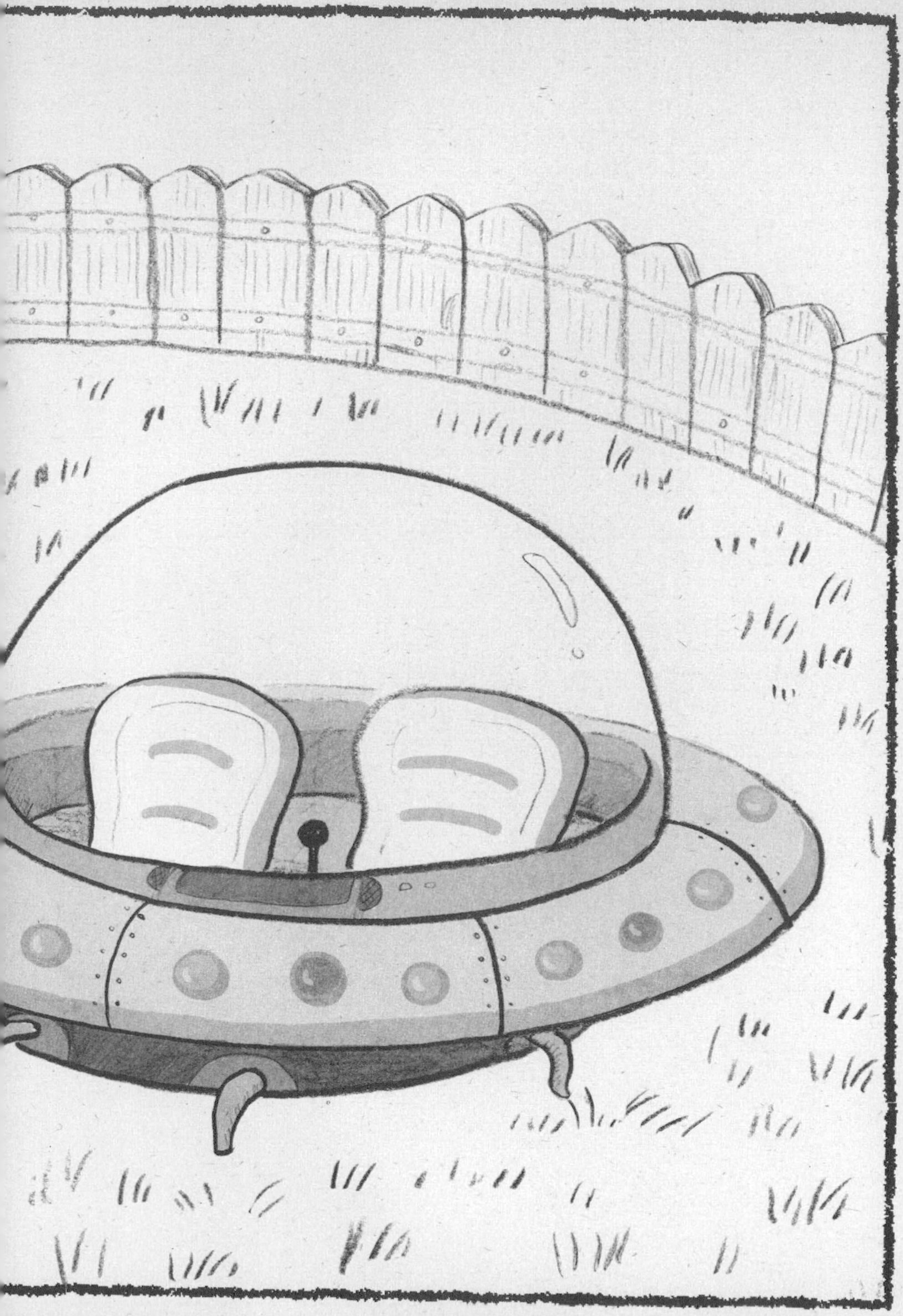

3.
小熊哥哥也
太沒禮貌了

老婆婆走了以後，小熊哥哥抱著頭在店裡急得團團轉。

「怎麼辦？怎麼辦？啊，對了，我有飛碟！」

他衝進後院，跳上飛碟，掀開玻璃罩，跳進駕駛艙。

「哈囉！飛碟！」

儀表板亮了起來。

「小熊您好！歡迎再度

駕駛好學生飛碟，本飛碟的電腦裡有各式各樣的課程……」

「我知道！這你上次都說過了！快起飛！」

「那我們就來看看今天的課程是什麼，恭喜你，是禮儀課！禮儀真是太簡單了，比上次的成語課簡單多了吧？要起飛的話，你只要說『請起飛』就可以了！」

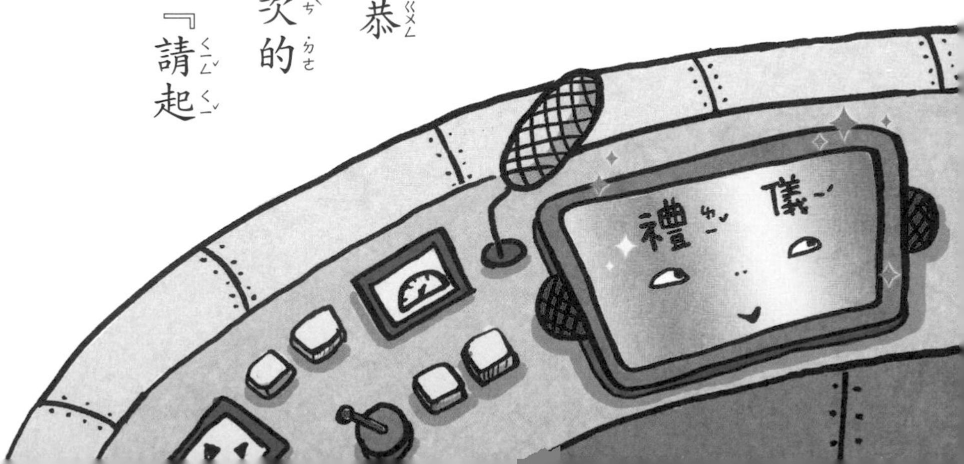

「我不能說！」小熊哥哥大喊。

飛碟不高興了。「只是叫你加個『請』字，你都不願意，真是被寵壞的小孩。快說對不起。」

「我不能說！」

「不道歉是嗎？那請恕本飛碟無法提供飛行服務。」

小熊哥哥急得哭了起來。

駕駛座旁邊打開一扇小門，遞給小熊

一盒面紙，讓他擦眼淚。

「嘖，連聲謝謝也不說。」飛碟埋怨。

「我不能說！」

「那我不理你啦。」飛碟肚子下方伸出三個輪子，變成一輛三輪車。

「要去哪裡你自己踩。」

小熊哥哥只好踩著踏板，握著方向盤，把飛碟「騎」出院子。

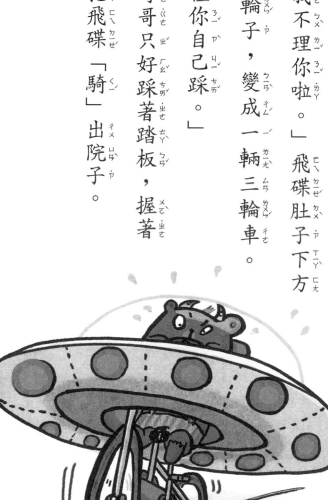

碰！一出院子，飛碟就撞倒門口的水果攤。

小熊哥哥看著滾了一地的橘子和蘋果說：「啊，真是、真是……」他想說對不起，但是不行。

「真是什麼！」水果攤老闆氣呼呼的問。

「真是太好了！」小熊哥哥說。

一回頭，碰！飛碟又撞翻了賣早餐的小攤子。

小熊哥哥看著滾了一地的包子和飯糰說：「啊，真是、真是……」

「真是什麼！」早餐店老闆瞪著他。

「真是太巧了。」

飛碟一轉彎，碰！又把一輛公車撞翻。小熊哥哥看著滾了一地的男乘客和女乘客說：「啊，真是、真是……」

「真是什麼！」乘客和司機從地上爬起來，瞪著小熊哥哥。

「真是沒辦法。」

就這樣，小熊哥哥踩著飛碟三輪車，跌跌撞撞騎過整條街。

Bakery.

每天都在等待主人出現的大狗咖哩，
今天還是蹲在街角，端端正正的坐好。

「有沒有看到……」小熊哥哥喊。

「沒有耶，今天主人還是沒有來接我。」

咖哩低下頭。

「我是說你有沒有看到我妹妹？」

「喔，小熊妹妹就在隔壁街呀。」

「就在隔壁街？真是、真是……」他想說

謝謝你，但是不行。

「真是什麼？」

「真是的！」

小熊哥哥踩著飛碟，轉過街角。

大狗咖哩搖搖頭，趴了下來。

「這個小熊哥哥也太沒禮貌了，還好我沒有認他當主人。」他嘆了口氣，趴了下來，「沒關係，我主人一定會回來的。」

道路施工

# 4. 不一定要說這三句話

隔壁的街道，正在修馬路。走過工地旁邊的路人，都皺起眉頭。

「又在修馬路了！真是……」他們摀著鼻子，正要繼續埋怨的時候，看到工地路口放的施工標誌看板，忍不住微笑了起來。

施工看板上寫著：

條條大路，只有此路不通。
路見不平，只好把路修平。

本來垂下來的嘴角，都變得上揚。

「這次市政府還挺幽默的嘛。」

「是啊，真是不錯。」

走過的路人都這麼說。

小熊妹妹和修馬路的工程師站在壓路機的旁邊，看到路人的反應，都鬆了一口氣。

「看來挺有效的嘛！」工程師說：「謝謝你的好點子！前一陣子下大雨，馬路到處都是破洞，不修市民會埋怨，一修馬路，路人又會抱怨。現在起碼我們不會一直看到別人討厭我們的眼神了。謝謝！這個好點子，不知道點子屋收費多少呢？」

「哪裡，這只是個小點子。」小熊妹妹說：「一個銅板就夠了。」

工程師給小熊妹妹三個銅板，然後擦擦汗，看著剛鋪好的馬路，滿意的說：「現在只要等柏油乾了，就大功告成了。」

碰！一架飛碟撞倒護欄，從馬路的另一頭開過來，在剛鋪好的柏油上刮出長長的三條痕跡。

「哥哥！」小熊妹妹張大眼睛。

飛碟滑行到小熊妹妹面前，小熊哥哥跳下飛碟，看著張大了嘴巴，說不出話來的工程師，很想說對不起，但他只能說：

「真是、真是……」

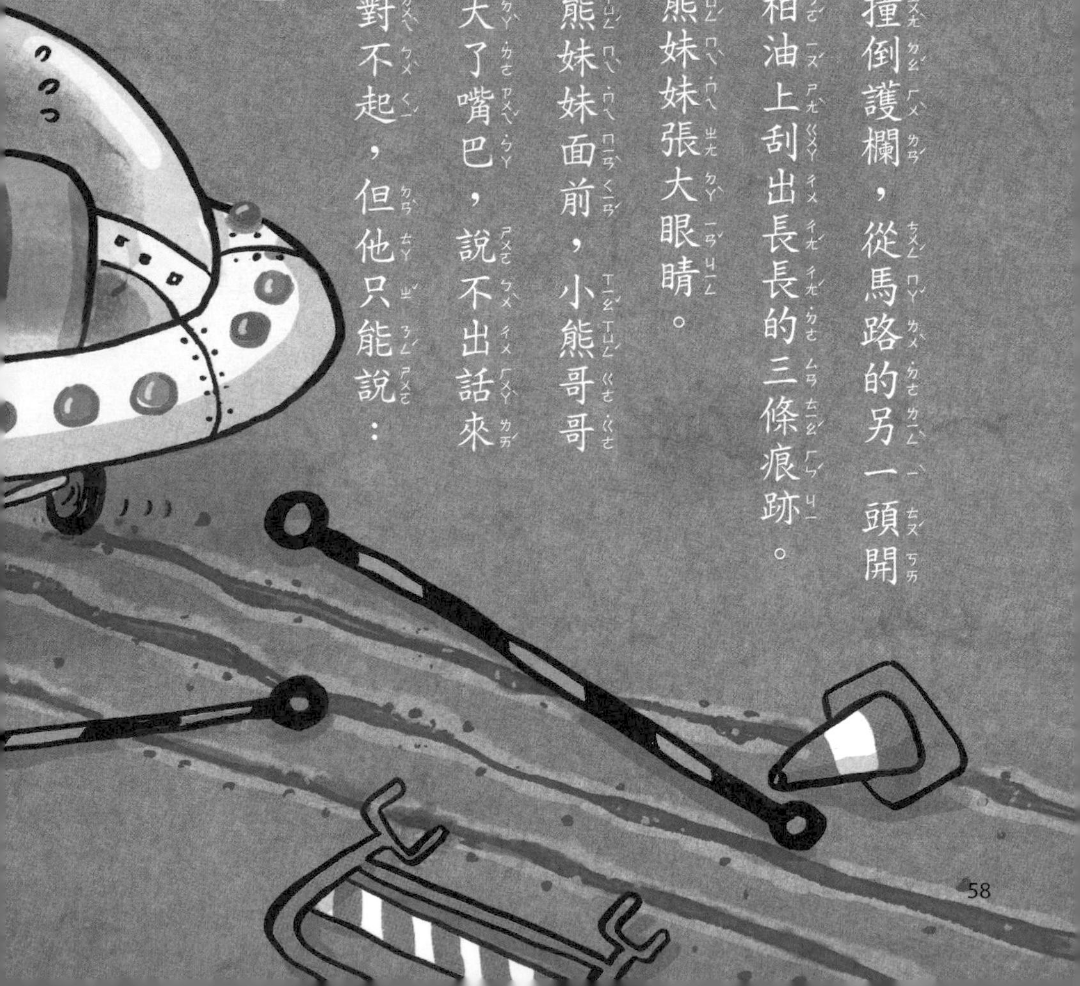

「真是什麼……」小熊妹妹問。

「我真是想哭啊！」

小熊哥哥說：「妹妹，快救救我！」

小熊哥哥比手畫腳說了半天，好不容易才把家裡來了個不速之客，在他身上下了魔咒的事情說清楚。

「所以我沒有辦法說出有禮貌的話！」小熊哥哥說。

「你的意思是說，你不能說請、謝謝和對不起？」

「對！妹妹你真聰明！」

小熊哥哥歡呼。「我要在一個小時內飛去找魔法師，才能解除咒語，可是飛碟又不聽我的話，因為今天剛好是禮儀課！」

小熊妹妹笑了。

「又不一定要說請、謝謝、對不起，才算有禮貌。你可以換句話說啊。」

「什麼意思？」

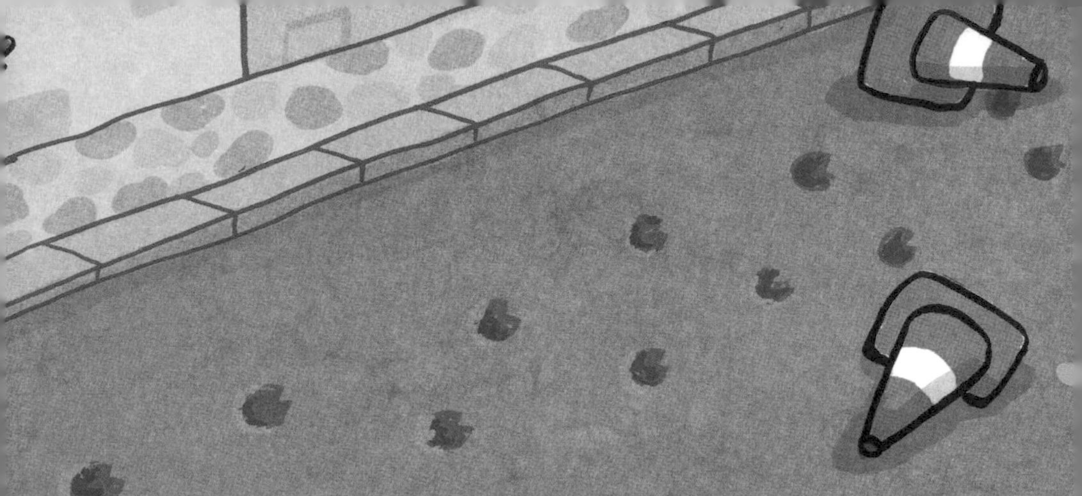

「比方說，你想說謝謝，不一定要說這兩個字，只要把心裡的感覺換句話說出來就行了。」

「太難了，你和我一起去找魔法師吧！」

這時候，一匹快馬從街道另一頭，嗒嗒嗒嗒的踩過剛鋪好的柏油路，來到小熊妹妹面前。

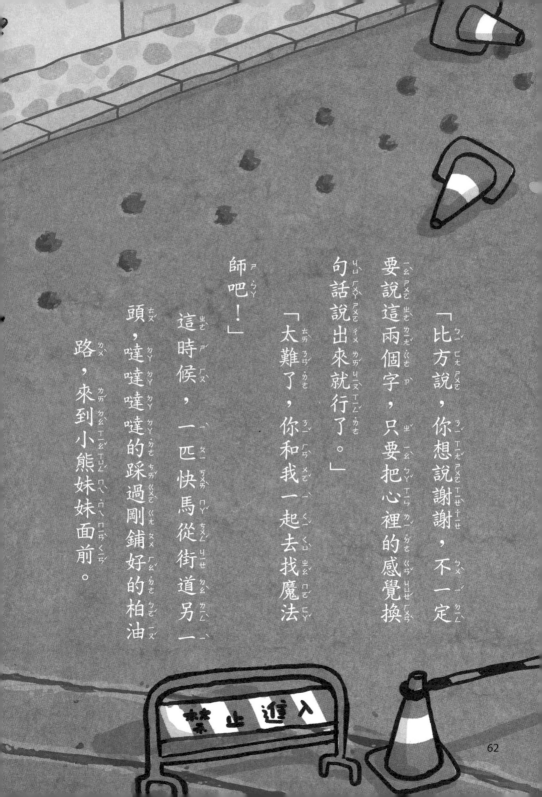

騎士跳下馬來，「聖旨到！」

「恭迎聖旨！」小熊妹妹拉著快昏倒的工程師說。

「國王有令，請點子屋的小熊妹妹火速進宮，共商大計！」騎士宣布。

「什麼意思？」小熊哥哥歪著頭說。

「意思就是說國王需要別人幫他想點子，很急。」小熊妹妹解釋。「哥，我不能陪你去啦。聽著，把這幾句話記起來，飛碟應該就會聽你的話了。」

小熊妹妹在小熊哥哥耳朵旁邊嘀嘀咕咕交待一番，然後和騎士跳上馬背，踩著剛鋪好的馬路，飛奔而去。

「不要再踩我的馬路了，柏油還沒乾啊……」

工程師跪了下來。

「真是抱歉，原諒我，我不會再踩過去了。」小熊哥哥跳上飛碟。

「哈囉，飛碟先生。」

叮，電腦螢幕又亮了起來。

「可以麻煩你起飛嗎？」

「當……當然。」飛碟很驚訝。

「您要去哪裡？」

「如果你能載我飛過大海，我會很感激的。」

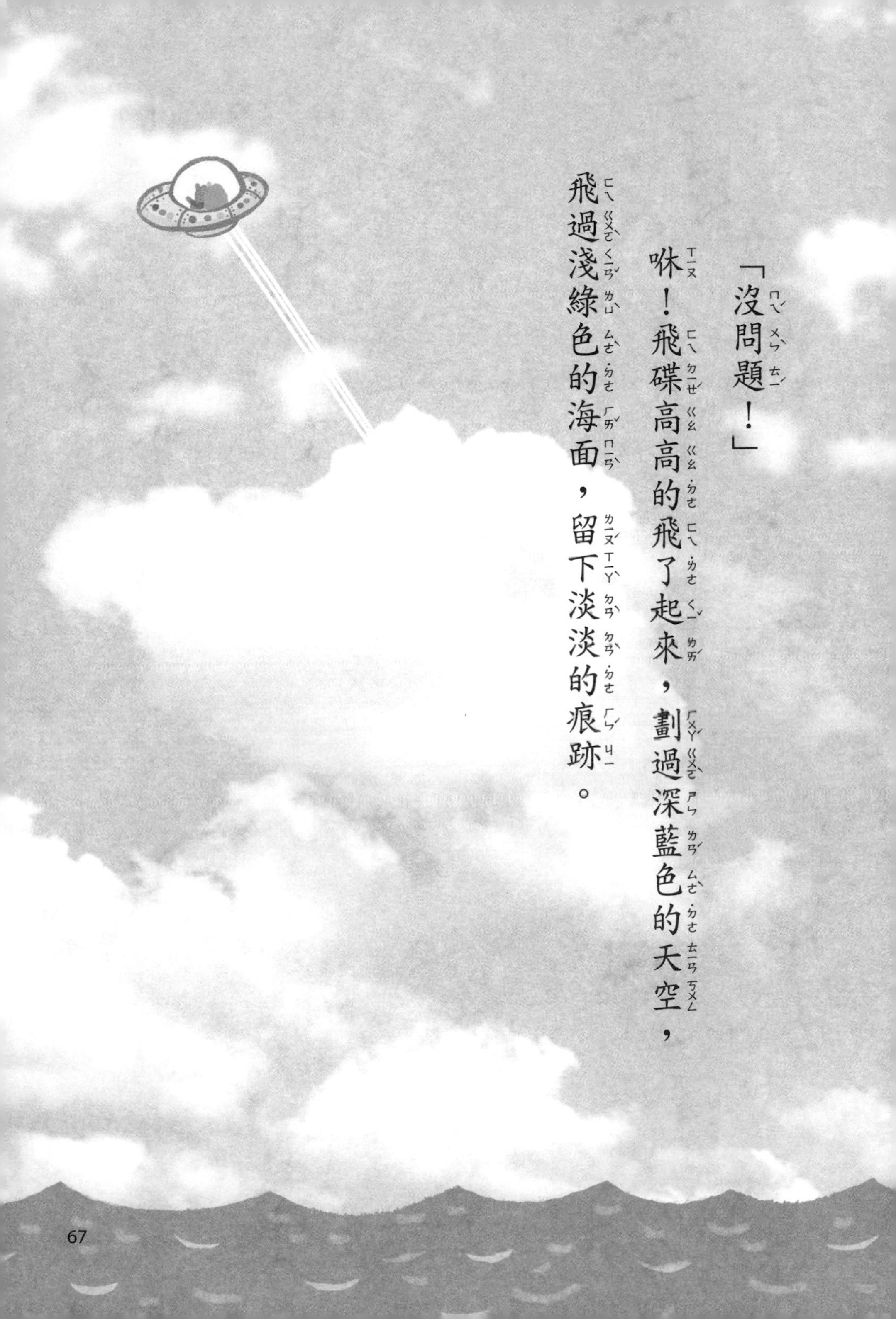

「沒問題！」

咻！飛碟高高的飛了起來，劃過深藍色的天空，飛過淺綠色的海面，留下淡淡的痕跡。

# 5. 什麼叫好話？

小熊哥哥的飛碟在大海上空飛行，很快的，海平面上出現了陸地，陸地上有一大片森林，森林邊的沙灘上有一棟小木屋。

「就是那裡！麻煩你降落在小屋旁邊。」

飛碟很聽話的降落。

「感激不盡！」

「不客氣。」飛碟感動得快哭了。「這小熊變得這麼有禮貌，我真是個好老師。」

小熊哥哥一跳下飛碟，小屋門就開了，

一位白鬍子的魔法師站在門口。

「你就是那個被我妹妹下了魔法的小熊吧？」魔法師說。

「你怎麼知道的？」小熊哥哥好驚訝。

「她剛剛打電話都告訴我了。」

「有電話？她怎麼不早說？」

「她忘了。」魔法師嘆了口氣，「我這糊塗妹妹，從小就這樣，除了吃以外，沒別的長處。」

小熊哥哥覺得這話好像在說自己，臉紅了一下。

「沒問題，還有時間。」魔法師看看手錶。

「我可以幫你解除咒語，但這方法一半靠我，一半也要靠你自己努力。」

「怎麼努力？我最不擅長努力了。」

「讓我解釋給你聽。」

「你可能要講簡單一點。」

「簡單說就是：魔法分為兩種，白魔法和黑魔法。把你變成怪獸的是黑魔法，能讓你復原的是白魔法。黑魔法是用壞的語言做的，白魔法是用好的語言做的。」

魔法師看著小熊哥哥的表情，就知道他聽不懂。

「語言是什麼意思？」小熊哥哥傻傻的問。

「語言就是我們說的話，好語言就是好話。總而言之，我給你施法以後，你只要說一百句好話，就可以抵銷黑魔法的力量，魔咒就會解除了。現在就開始吧！」

魔法師舉起魔杖，在他頭上敲一下，小熊哥哥感覺好像一桶冰淇淋淋在頭上一樣，好舒服。

「好，現在開始，你只要說一百句各種不同的好話，魔咒就會消失無蹤啦！」魔法師說。

「什麼叫好話？」

「就是好聽的話，讓人聽了會開心的話。」魔法師說：「比方說，讚美別人的話。」

「要讚美別人一百句才行嗎？」小熊哥哥抱著頭喊：「哪有可能，我的腦袋這麼笨！」

「每個人都有變聰明的潛力，想辦法讓你的潛力發

揮出來吧！」

「潛力又是什麼意思？」

「就是還沒有發揮的力量啊！你長得這麼可愛，你是這麼可愛的一隻小熊，一定有很大的力量沒有發揮出來！」魔法師拍拍他的肩膀。「你一定辦得到的！我相信你！」

「真的嗎？」小熊哥哥從來沒有這樣被讚美過，覺得好感動。「你人真好！[1]」

「這就是一句了！加油，還有九十九句！」

魔法師說：「發揮潛力，你就會成功！」

「你真是個好魔法師！[2]」小熊哥哥從來沒有這樣被鼓勵過，他抱住魔法師說：「謝謝你！[3]」

「啊！你說什麼？」魔法師張大眼睛，「糟了。」

「我說……」小熊哥哥呼的一聲變兩倍大。「謝謝……」

呼！呼！呼！小熊哥哥愈長愈高、愈長愈高、愈變愈大，樣子愈來愈可怕，最後他變得比森林還高，頭幾乎快要頂到雲端。

「你還好嗎？」魔法師抬頭喊。

「哇，從這裡看下去你的房子好像玩具一樣，好可愛喔。[4]」大怪獸低頭說。

「這樣就對了！繼續說好聽的話！」魔法師說。

「哇，你看起來好好吃喔。」

「呃……這可不是好聽的話喔。」

大怪獸眺望著森林另一邊的城市說：「哇，真是個美麗的國家。[5]」

「這就對了！繼續！」

「那邊有好多人看起來都好好吃喔！」

「呃，你還是趕快回去吧！」魔法師揮手說。「在這裡太危險了……」

大怪獸走入海中，回頭問：「還剩幾句？」

「九十五句！」

「哇！你算術真好！6」

「快走吧！」

# 6. 哈！怎麼可能會有這種事？

大海另一邊，國王的皇宮就在美麗的海岸邊，高高的尖塔雄偉又莊嚴。

尖塔的頂端是國王的房間，門口的衛兵大聲喊：「啟稟王上，小熊妹妹晉見！」

小熊妹妹一蹦一跳的走到國王面前。

「啊，你來了！太好了！」老國王站起來歡迎她：「我剛剛收到鄰國國王的一封緊急信件，可是那個國王是以說話囉唆出名的，光看開頭，我就覺得頭好痛，宮

裡沒有人能把信看完。請你幫我看看他到底要說什麼！」

小熊妹妹把信接過來一看，這哪是信，簡直是厚厚一本書。信上寫著：

親愛的好友國王陛下：好久不見了，您好嗎？我最近很好，您好嗎？皇后好嗎？大臣好嗎？宰相好嗎？衛兵們大家都好嗎？我也很好，我的皇后也很好、大臣也很好，衛兵也都很好，只有宰相有點感冒，誰叫他要吃那麼多冰棒，哈哈。總而言之，希望您一切都好。雖然很久不見，但是我還是很關心您，有多關心呢？您看前面我向您問好就知道我究竟有多麼關心您了。因為很關心您，

所以有一件事情必須告訴您，但是又怕打擾您，如果不告訴您，您就不會被打擾了，但是如果不打擾您，您就不知道這件事情，而且如果不打擾您，我就不知道您到底怕不怕打擾，您知道的，這世界上有些人怕打擾，有些人不怕打擾，總而言之，希望我不會打擾您。這件事情很緊急，有多緊急呢？如果您不把信看完就不知道有多緊急，但很奇怪，很多人都不把我的信看完……

小熊妹妹也頭痛了起來，他直接翻到最後一頁，忍著頭痛看完。

「我懂了，」小熊妹妹報告國王：「他其實只是要告訴您，他們王宮裡的星相師預言，今天陛下的王國海灣會出現一隻大怪獸，所以特別來信通知，請陛下小心。」

國王笑了。

「原來如此，」他走到窗邊，看著大海。「哈哈哈，怎麼可能會有這種事！」

藍色的海洋亮晶晶的閃亮著。

「你看，這麼平靜的海洋，」國王拿起望遠鏡看著窗外說：「只有陽光、海浪、海鳥、海鷗和……海怪？」

國王張大眼睛，看著海平面上走來的那隻毛茸茸的大怪獸。

怪獸後面有一架飛碟，遠遠跟著他。

「是哥哥！」

小熊妹妹也拿起望遠鏡，張大了眼睛。

很快的，

全國警報聲響了起來。

大砲推了出來，飛彈

架了起來，戰艦全部出動，

飛機全部升空。

螺旋槳飛機嗡嗡嗡的

繞著怪獸打轉，緊張得要命。

但是怪獸看到他們好像很開心。

「太好了，真高興看到你們！93」怪獸說：「我一路上能夠稱讚的東西都稱讚光了，連海鳥和雲朵都稱讚過了，總算有人出現可以讓我稱讚了。」

「大怪獸！」第一架飛機上的人拿著擴音器喊：「又醜又可怕的大怪獸！」

「啊，你的聲音真好聽！[94]」怪獸說。

「大怪獸！」第二架飛機上的人喊：「又壞又邪惡的大怪獸！」

「啊，你好厲害，真會罵人！[95]」怪獸說。

「大怪獸！」第三架飛機上的人喊：「快滾蛋！不然會被我們打得抱頭鼠竄！」

「啊，你真會說成語！96」怪獸說。

就這樣，不管別人怎麼罵他，大怪獸都會稱讚他。

但是大怪獸就是不離開，於是飛機只好噠噠噠的對他開火。

「啊，真舒服，你的子彈好輕柔！97」怪獸說。

於是戰艦也砰砰砰砰對他開火。

「啊，你真會按摩！98」怪獸說。

海灣的大砲也對他發射砲彈，怪獸接住砲彈，丟進嘴裡。

「啊，真是美味可口！99」

陸上的飛彈發射了！不過沒對準，在怪獸的頭頂爆炸開來。

「哇！好漂亮的煙火！100」怪獸說。

咻！話一說完，怪獸就縮小成一隻小熊。

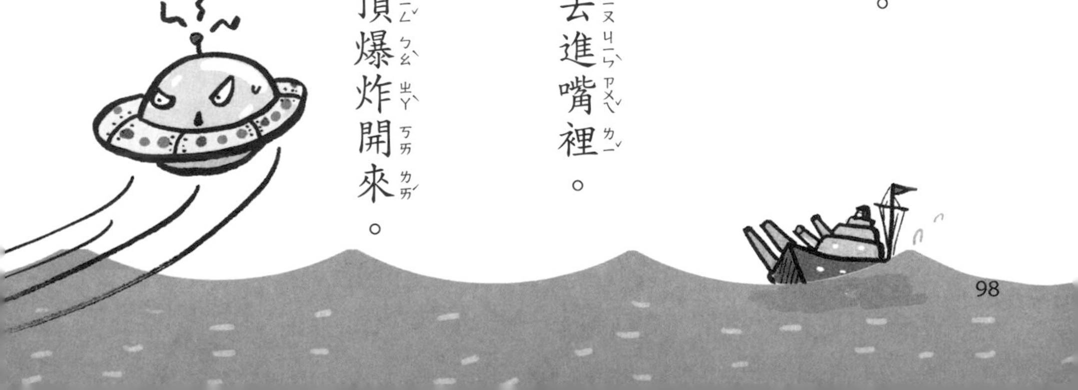

飛碟飛了過來，接住差點掉進海裡的小熊哥哥。皇宮尖塔上的窗口邊，小熊妹妹和國王放下望遠鏡，鬆了一口氣。

OPEN

# 7. 點子屋今天變成點心屋

第二天早上……

陽光好像急著飛出鳥籠的白鴿一樣，雲層才剛打開一條縫，就迫不及待的衝出來。

晶晶亮亮，晶晶亮亮……

提著菜籃的老婆婆，走在灑滿陽光的街道上，抬頭看看招牌。

「小熊兄妹點子屋。」她瞇著眼睛唸。

老婆婆推開店門。

「歡迎光臨小熊兄妹點心屋！」小熊妹妹親切的招呼她。「請問你想吃紅豆餅、綠豆糕還是豆花？」

老婆婆愣住了。

「難道我又看錯了嗎？」

「你沒看錯！」小熊妹妹笑著說：

「點子屋今天變成點心屋。因為我哥哥昨天闖了禍，所以今天我們做了很多點心請大家吃，向大家道歉。」

老婆婆抬頭一看，屋裡坐滿了人，水果攤老闆、早餐鋪老闆、司機、乘客、工程師、陸海空三軍代表……大家都來了，每個人面前都擺著各種香噴噴的點心。

I'm Sorry

小熊哥哥穿著圍裙，端著一盤點心，從廚房走出來，看到老婆婆，嚇了一大跳。

「又是你！」小熊哥哥躲在櫃臺後面。「不要靠近我！」

所有人都轉過頭來，看著老婆婆。

「就是她！昨天就是因為她，我才會闖禍的！」小熊哥哥說。

「不要怕嘛。」老婆婆說：「我是來跟你道歉的。不過我不能說那三個字。」

「哪三個字？對不起？」小熊妹妹問。

老婆婆點點頭。

「為什麼？」

「因為我今天早上想把自己變漂亮一點，就翻開魔法書找了一個『可愛動人咒』，結果唸完才發現我看錯了。」

「唸成什麼咒？」

「唸成可愛動物咒。」

店裡的客人都笑彎了腰。

「但是沒關係，這個咒有安全鎖。就是那三個字，我只要不說出那三個字，就不會變成小兔子了。」老婆婆撥開頭髮，讓大家看自己的兔耳朵。

「而且就算不說那三個字，我

也可以向小熊哥哥道歉啊。」

老婆婆把菜籃子放在小熊哥哥面前。

「昨天的事真是萬分抱歉，我心裡覺得很過意不去。我帶了一點小心意，請你收下。」老婆婆打開菜籃。「這是我自己種的地瓜。」

菜籃裡有一對黑溜溜的眼睛，看著大家。

「這是地鼠吧！」小熊哥哥尖叫。

「啊，帶錯了帶錯了。」

老婆婆說：「對不起！」

從此以後，點子屋裡除了小熊哥哥和小熊妹妹以外，又多了小地鼠和小兔子兩隻可愛小動物。

# 「點子力」測驗卷

作者哲也提供三個連他都不會的超難問題，測驗看看你的點子多不多！

答題後，請看後面的（不）標準答案，看看你答對幾題！

1. 如果有一天，你被下了魔法，不能說「好吃」、「美味」或「可口」這三句話，不然就會變成怪獸，偏偏這時候，爸爸買了一個超好吃的大麵包給你吃，然後問你：「好不好吃呀？」你會怎麼回答？

2. 如果有一天，你不能說：「好看」、「漂亮」、「美麗」這三句話，偏偏這時候，你媽媽問你：「媽媽漂不漂亮呀？」你該怎麼回答。

3. 如果有一天，你不能說：「不是」、「沒有」、「哪有」，但是老師問你：「剛剛偷偷打老師頭的是不是你？」這時候，你要怎麼回答？

## （不）標準答案

（由小熊哥哥提供）

1. 我嘴巴裡塞滿麵包的時候，是說不出話來的。
2. 不能用說的，可以用寫的啊。
3. 只要搖頭就行了。

## 作者評分

| | |
|---|---|
| 全部答對 | 恭喜你！你的點子可真多！你也可以開一家點子屋！（如果你媽媽同意的話） |
| 答對兩題 | 恭喜你！你的點子真不少！你也可以寫一本「我的點子屋」的故事！ |
| 答對一題 | 恭喜你！你幾乎和作者一樣聰明！這樣的人可不多喔！ |
| 全部沒答對 | 恭喜你！你的想法真特別，你比小熊哥哥聰明多了！ |
| 完全不想回答這些問題 | 恭喜你讀完這本書！ |

# 繪者的話

小熊兄妹２讓大家久等了！跟第１集間隔拉得有點長，說來真是不好意思。雖說作者一直也是很愛拖稿（咦？），但這次請大家好好怪罪於繪者……

當時懷孕後期的繪者，拿著剛到手的小熊兄妹２稿子，不疑有他，興奮的讀著，結果……

就去醫院生了！

之後啊，這位繪者就像所有的新手媽媽一樣，過著被可怕的新生兒摧殘的日子……

當然編輯也不忘偶爾盡責的問起這位忙碌的媽媽：「啊圖有在畫了嗎……」

繪者雖滿腔熱血，很想快點畫這個可愛的故事給大家看，把自己最初看到捧腹大笑的心情如實傳達，但當時這位連睡覺時間都不夠用的媽媽，只能說力有未逮……

後來編輯也不忍心催促，只好默默調整出書進度……

幸好孩子終會長大，媽媽也慢慢不再是新手，跟編輯幾次討論後，開始能抓緊自己的時間畫圖……

當然趕圖期間老公真是非常辛苦，攬了許多家務事不說，還得負責督促進度……

媽媽在工作.不要吵媽媽!
嚴厲且辛苦的爸爸


我想媽媽繪者的背後必有個認命的老公吧（由衷感謝！）

總之，雖然多花了些時間，這本書還是來到你手上啦！希望你跟我一樣喜歡並享受這個故事！

企劃緣起

# 讓孩子輕巧跨越閱讀障礙

◎親子天下執行長　何琦瑜

在臺灣，推動兒童閱讀的歷程中，一直少了一塊介於「圖畫書」與「文字書」之間的「橋梁書」，讓孩子能輕巧的跨越閱讀文字的障礙，循序漸進的「學會閱讀」。這使得臺灣兒童的閱讀，呈現兩極化的現象：低年級閱讀圖畫書之後，中年級就形成斷層，沒有好好銜接的後果是，閱讀能力好的孩子，早早跨越了障礙，進入「富者越富」的良性循環；相對的，閱讀能力銜接不上的孩子，便開始放棄閱讀，轉而沉迷電腦、電視、漫畫，形成「貧者越貧」的惡性循環。

國小低年級階段，當孩子開始練習「自己讀」時，特別需要考量讀物的文字數量、字彙難度，同時需要大量插圖輔助，幫助孩子理解上下文意。如果以圖文比例的改變來解釋，孩子在啓蒙閱讀的階段，讀物的選擇要從「圖圖文」，到「圖文文」，再到「文文文」。在閱讀風氣成熟的先進國家，這段特別經過設計，幫助孩子進階閱讀、跨越障礙的「橋梁書」，一直是不可或缺的兒童讀物類型。

橋梁書的主題，多半從貼近孩子生活的幽默故事、學校或家庭生活故事出發，再陸續拓展到孩子現實世界之外的想像、奇幻、冒險故事。因為讓孩子願意「自己拿起書」來讀，是閱讀學習成功的第一步。這些看在大人眼裡也許沒有什麼「意義」可言，卻能有效引領孩子進入文字構築的想像世界。

親子天下童書出版，在二〇〇七年正式推出橋梁書【閱讀123】系列，專為剛跨入文字閱讀的小讀者設計，邀請兒文界優秀作繪者共同創作。用字遣詞以該年段應熟悉的兩千五百個單字為主，加以趣味的情節，豐富可愛的插圖，讓孩子有意願開始「獨立閱讀」。從五千字一本的短篇故事開始，孩子很快能感受到自己「讀完一本書」的成就感。本系列結合童書的文學性和進階閱讀的功能性，培養孩子的閱讀興趣、打好學習的基礎。讓父母和老師得以更有系統的引領孩子進入文字桃花源，快樂學閱讀！

推薦文

# 橋梁書，讓孩子成為獨立閱讀者

◎中央大學學習與教學研究所教授　柯華葳

獨立閱讀是閱讀發展上一個重要的指標。幼兒的起始閱讀需靠成人幫助，更靠圖畫支撐理解。許多幼兒有興趣讀圖畫書，但一翻開文字書，就覺得這不是他的書，將書放在一邊。為幫助幼童不因字多而減少閱讀興趣，傷害發展中的閱讀能力，親子天下童書編輯群邀請本地優秀兒童文學作家，為中低年級兒童撰寫文字較多、圖畫較少、篇章較長的故事。這些書被稱為「橋梁書」。顧名思義，橋梁書就是用以引導兒童進入另一階段的書。其實，一本書容不容易被閱讀，有許多條件要配合。其一是書中用字遣詞是否艱深，其次是語句是否複雜。最關鍵的是，書中所傳遞的概念是否為讀者所熟悉。有些繪本即使有圖，其中傳遞抽象的概念，不但幼兒，連成人都可能要花一些時間才能理解。但是寫太熟悉的概念，讀者可能覺得無趣。因此如何在熟悉和不太熟悉的概念間，挑選適當的詞彙，配合句型和文體，加上作者對故事的鋪陳，是一件很具挑戰的工作。

這一系列橋梁書不說深奧的概念，而以接近兒童的經驗，採趣味甚至幽默的童話形式，幫助中低年級兒童由喜歡閱讀，慢慢適應字多、篇章長的書本。當然這一系列書中也有知識性的故事，如《我家有個烏龜園》，作者童嘉以其養烏龜經驗，透過故事，清楚描述烏龜的生活和社會行為。也有相當有寓意的故事，如《真假小珍珠》，透過「訂做像自己的機器人」這樣的寓言，幫助孩子思考要做個怎樣的人。

【閱讀123】是一個有目標的嘗試，未來規劃中還有歷史故事、科普故事等等，且讓我們拭目以待。期許有了橋梁書，每一位兒童都能成為獨力閱讀者，透過閱讀學習新知識。

閱讀123